Dochreidthe!

le

Hilary McKay

Maisithe ag Mike Phillips

Leagan Gaeilge le Patricia Mac Eoin

Ní gá duit an leathanach seo a léamh – ar aghaidh leat leis an leabhar!

Foilsithe den chéad uair faoin teideal Amazing i 2008 in Albain
ag Barrington Stoke Teo,
18 Sráid Walker, Dún Éideann

Téacs © 2008 Hilary McKay
Léaráidí © Mike Phillips
An Leagan Gaeilge © 2012 Futa Fata
www.futafata.ie

Ba mhaith le Futa Fata buíochas a ghlacadh le COGG, An Chomhairle um
Oideachas Gaeltachta agus Gaelscolaíochta, a thacaigh le foilsiú an leabhair seo.

An Chomhairle um Oideachas
Gaeltachta & Gaelscolaíochta

ISBN: 978-1-906907-63-1

AN tÚDAR

Ainm: Hilary McKay

Is maith liom: Go leor rudaí!
Leabhair, mo chat, subh, litreacha
deasa ó léitheoirí, ceol, úlla, snámh
in uisce fuar, seacláid, brioscaí, crainn

Ní maith liom: Glanadh, bruscar, seomraí atá róthe,
litreacha ó léitheoirí nár thaitin mo leabhar leo.

3 fhocal fúmsa:
Míshlachtmhar, gealgáireach, dóchasach

Rún mór fúm féin: Tá mé go hAN-MHALL ag léamh!

AN MAISITHEOIR

Ainm: Mike Phillips

Is maith liom: Cruicéad, leabhair
agus mo chathaoir chompordach

Ní maith liom: Spórt, glasraí,
gaineamh i mo bhríste gearr

3 fhocal fúmsa: Beag, ramhar, spraíúil

Rún mór fúm féin:
Coinnigh é seo faoi rún, ach níl aon ghruaig orm faoi
mo hata!!

Clár

Caibidil 1
Ceathrar Buachaillí

Bhí fiche cailín agus ceathrar buachaill i rang Pheadair.

Ní raibh mórán rogha ag na buachaillí. B'éigean dóibh a bheith cairdiúil le chéile. Níorbh fhéidir le beirt a bheith cáirdiúil le chéile agus an bheirt eile **a fhágáil ar leataobh***. Nó níos measa fós, níorbh fhéidir le triúr a bheith cairdiúil agus an duine eile a fhágáil leis féin.

---

* duine a fhágáil ina aonar

Dara, Brian agus Oisín ab ainm do na buachaillí i rang Pheadair, agus Peadar é féin ar ndóigh.

Bhí gruaig rua ar Dhara agus cispheil ina lámh aige an t-am ar fad.

Bhí drumaí ag Brian, a rinne sé é féin as seanbhoscaí.

Amhránaí **den scoth*** ab ea Oisín. Chuaigh sé gach aon áit ar a chlár scátála.

Bhí **clampar agus callán**** i gcónaí nuair a bhíodh an triúr acu le chéile. Chomh maith leis an gcispheil, an drumáil agus an canadh, bhíodh Dara, Brian agus Oisín i gcónaí ag caint. Tharlaíodh eachtraí nach gcreidfeá dóibh, fiú agus iad i mbun gnáthrudaí ar nós bheith ag siopadóireacht. D'insídís na scéalta dá chéile.

* bhí sé ar fheabhas
** torann agus ruaille buaille

Scéalta mar seo –

"Chonaic mé an fear seo agus táim cinnte gur spiaire a bhí ann! Bhí spéaclaí dubha air agus scáth fearthainne ina láimh aige; bhuel, ní gnáth-scáth fearthainne a bhí ann, ach **uirlis mharfach***..."

Agus mar seo –

"Chonaic mé an madra seo ina shuí lasmuigh de shiopa. Bhí sé ag léamh na bhfógraí san fhuinneog, geallaim duit go raibh sé..."

Agus mar seo –

"Tá 's agat an chaoi a gcarnann siad prócaí san ollmhargadh – ar nós túir? Bhuel, bhí túr d'anlann trátaí ann....Ní dóigh liom go raibh sé an-láidir agus..."

Agus mar seo –

"Tá seid bheag in aice leis an gcoill agus comhartha díreach os a comhair leis na focail:

---

*   d'fhéadfá duine a mharú le huirlis mharfach, gunna mar shampla

ADHMAD + **GÉAGA** AR DÍOL

...agus nuair a léigh mo dheirfiúr óg é, thosaigh sí ag screadach..."

* géag ar chrann = craobh; géag duine = lámh

Agus mar seo uaireanta –

"...bhí mé go hiomlán ar strae ansin!"

Bhíodh scéalta mar sin á n-insint ag Dara, Brian agus Oisín an t-am ar fad. Bhíodh scéalta, rudaí greannmhara agus pleananna á bplé acu ó mhaidin go hoíche.

Is mar sin a bhí Dara, Brian agus Oisín.

Ach ní mar sin a bhí Peadar.

Ní raibh mórán le rá ag Peadar. Bhí sé an-chiúin.

Bhí Peadar chomh ciúin sin nach raibh a fhios ag Dara, Brian ná Oisín cad a dhéanfaidís leis.

Ní tharlaíodh **eachtraí*** dó.

---

*   rudaí spéisiúla a tharlaíonn, d'fhéadfadh eachtraí a bheith contúirteach uaireanta

Ní bhíodh aon scéal mór le hinsint aige nuair a thagadh sé ar scoil ar maidin.

Ní dhéanadh sé aon drumáil ar bhoscaí; ní raibh aon chlár scátála aige agus níor imir sé cispheil.

Ní dúirt sé riamh, "Éist! Tá plean agam!"

"Ní bhíonn aon phlean riamh agam", arsa Peadar.

Nuair a bíodh scéalta greannmhara á n-insint ag an triúr eile d'éisteadh Peadar, ach d'fhanadh sé **ina thost***.

"Níl aon scéal greannmhar agam", arsa Peadar.

Dáiríre, ní raibh mórán le rá aige.

"Níl mórán le rá agam", arsa Peadar.

"Cad faoi a mbíonn Peadar ag smaoineamh ar chor ar bith?" a deireadh na cailíní ó am go ham.

---

* ní deireadh sé tada

"Ní bheadh a fhios agat," arsa Dara, Brian agus Oisín.

"**Seans*** go bhfuil sé ag smaoineamh ar... tada."

Ní deireadh Dara, Brian ná Oisín riamh go raibh Peadar leadránach.

Ní deireadh siad é sin mar níor cheap siad go raibh sé leadránach.

Ach cheap Peadar féin go raibh sé leadránach.

"Táim leadránach", arsa Peadar.

"Táim fíorleadránach".

"Táim *dochreidte* leadránach".

D'fhéach sé ar Dhara, Brian agus Oisín.

* b'fhéidir

Bhí Dara ag screadach, "Féach ar an ngrianghraf seo a thóg mé de mo Mhamó. Seo é an ceann a bhris mo cheamara!"

Bhí Brian ag féachaint isteach ina bhosca lóin. "An bhfuil sé de mhisneach ag aon duine an ceapaire seo a bhlaiseadh?"

Bhí stoca Oisín ina lámh aige. "Úúú, tá an boladh seo dochreidte nach bhfuil?" ar seisean.

D'fhéach Peadar ar an ngrianghraf, thóg sé bolú den stoca agus **dhiúltaigh sé don cheapaire***.

Ní raibh mórán le rá aige.

D'fhan sé ina thost.

Bhí sé ciúin agus príobháideach.

* níor thóg sé an ceapaire

"Fanfaidh mé i mo thost agus ní bheidh a fhios ag Dara, Brian ná Oisín cé chomh dochreidte leadránach agus atá mé", a cheap Peadar leis féin.

****

Cheap Peadar uaireanta nach ceathrar cairde a bhí ann.

Cheap sé gur triúr cairde a bhí ann, agus gurb eisean an duine breise.

Caibidil 2

Cóisirí Lá Breithe

Nuair nach raibh sé ar scoil ní raibh aon deacracht ag Peadar a shaol a chaitheamh go ciúin, príobháideach. Ní thugadh sé cuireadh do Dhara, Brian ná Oisín teacht ar cuairt chuige. "Go raibh maith agat," a deireadh sé nuair a fuair sé cuireadh dul chuig a dtithe, ach ní rachadh sé.

Bhí sé sách uaigneach uaireanta, ach bhí an saol níos éasca mar sin.

Bhí ruaille buaille agus clampar i gcónaí ar scoil. Nuair atá fiche cailín agus ceathrar buachaillí san aon rang bíonn rud éigin ar siúl i gcónaí. Turais agus drámaí. Lá spóirt agus ceolchoirmeacha.

Bíonn **cóisir*** lá breithe nach mór gach aon seachtain.
B'fhuath** le Peadar na cóisirí lá breithe thar rud ar bith eile.

Níl aon dul as ó chóisir lá breithe. Ní féidir gan dul ar chóisir lá breithe má tá cuireadh faighte agat.

Agus bhí an ghráin ag Peadar ar chóisirí. Mhothaigh sé níos leadránaí ann féin ag cóisirí lá breithe seachas ag rud ar bith eile.

Má tá triúr cairde agat, sin trí chóisir lá breithe in aghaidh na bliana. Agus do chóisir féin, ar ndóigh, sin ceithre chóisir le fulaingt.

* féasta
** níor mhaith leis

"Ach nílim ag iarraidh cóisir i mbliana," a deireadh Peadar lena mháthair gach bliain.

"Caithfidh tú cóisir a bheith agat", arsa máthair Pheadair. "Beidh cóisir ag Dara, Brian agus Oisín, agus caithfidh ceann a bheith agatsa freisin".

"Beidh sé leadránach," arsa Peadar. "B'fhearr liom gan bacadh leis **i mbliana***".

"Anois, a Pheadair, beidh cóisir agat i mbliana, cosúil le gach duine!" arsa máthair Pheadair, agus í beagáinín crosta.

Bhíodh an comhrá céanna acu gach bliain.

D'athraigh an cineál cóisire ó bhliain go bliain. Go dtí seo bhí –

*   an bhliain seo

Cóisir ar an trá

Cóisir picnice

Cóisir pictiúrlainne aige agus bliain amháin, ní raibh cóisir ar bith ann (rud a thaitin go mór le Peadar) mar go raibh na buachaillí go léir tar éis éirí tinn, duine i ndiaidh duine.

Ar a laghad bhí na cóisirí sin ar fad ar siúl in áit eile, ní i mo theach féin, a cheap Peadar. Ní raibh Peadar ag iarraidh go bhfeicfeadh Dara, Brian ná Oisín a theach leamh, leadránach.

Ach cóisir de chineál nua a bhí ar siúl i mbliana (agus ba iad na cailíní a chuir tús leis an drochnós nua seo)....is iad sin...

Cóisirí codlata*!

"Nach iontach an cineál cóisire é sin," arsa máthair Pheadair.

---

*   fanann duine thar oíche i dteach carad leis

"Nach uafásach an cineál cóisire é," arsa Peadar leis féin.

Seo sampla de chuireadh chuig cóisir codlata:

Cóisir Codlata!

Tóg leat:

Mála codlata

Scuab fiacla

Pitseámaí

Agus d'uimhir gutháin scríofa síos
ar fhaitíos go dteastaíonn uait dul abhaile go tobann
i lár na hoíche.

Thabharfadh daoine na rudaí seo freisin:

Leabhair Ghrinn

Milseáin agus seacláid

Cártaí

Cleasanna

Ní raibh aon chóisir níos fearr ná cóisir codlata dar leis na cailíní. Bhí siad go hiontach ar fad, an méid sin spraoi agus craic! Ní raibh siad leadránach ar chor ar bith.

"Níor chualamar go dtí seo faoi aon duine a bhí ag iarraidh dul abhaile ó chóisir codlata," arsa na cailíní. Ní fhéadfá cóisir níos spraíúla a shamhlú, dar leo.

Caibidil 3
Breithlá Dhara

Ba é breithlá Dhara an chéad chóisir.

"Tar chuig mo chóisir codlata!" a bhéic sé agus é ag rith isteach sa chlós scoile.

"Beidh sé go hiontach!" a bhéic sé, **ag preabadh*** na cispheile den talamh. "Haigh, a Pheadair, anseo", ar seisean ag caitheamh na cispheile chuige.

---

*   ag bualadh

Theip ar* Pheadar breith ar an gcispheil agus rith sé ina diaidh. Bhí Dara fós ag caint nuair a tháinig sé ar ais. "Feicfidh sibh mo mhamó chraiceáilte! Sea! Mo mhamó a bhris mo cheamara! Mo mhamó a bhfuil gruaig ar a smig aici!"

"An bhfuil a lán gruaige ar a smig?" arsa Brian.

"Tá féasóg uirthi!" arsa Dara.

"Ní féidir léi a bheith chomh gruagach le mo mhamó-sa", arsa Brian. "Mamó Mhór is ainm di. Ní hamháin go bhfuil gruaig ar a smig aici, ach tagann a cuid malaí le chéile sa lár freisin!"

"Tagann a malaí le chéile sa lár?" arsa Peadar. "Níl ach an t-aon mhala amháin aici?"

"Tá malaí mo mhamó ar nós líne dhíreach amháin ar a haghaidh! Ar nós eireabaill os cionn a súile!"

* níor éirigh leis

"Ní tada é sin!" arsa Oisín. "Mamó Mhillteach is ainm do mo mhamó-sa, agus BEARRANN sí an ghruaig ar a smig. Caitheann sí HATA MÓR ionas nach bhfeicfeá an t-aon mhala amháin atá aici, AGUS tá a cosa chomh gruagach le cosa mac tíre!"

Bhí ionadh an domhain ar Pheadar faoin Mamó ghruagach seo, ach ní raibh focal as. Bhí gnáthmhamó aige, leis an ngnáthmhéid gruaige.

Ach b'fhéidir go raibh rud éigin ag baint léi nach raibh tugtha faoi deara aige?

Stop sé ag teach a mhamó agus é ar a bhealach abhaile, le **breathnú*** i gceart uirthi.

Bhí a cuid malaí tarraingte le smideadh aici.

Ní raibh oiread agus ribe amháin gruaige ar a smig.

*   féachaint

Bhí a cosa chomh mín le páipéar.

Bhí Peadar an-sásta nach raibh sí feicthe ag Dara, Brian ná Oisín.

Ní raibh sé féin sásta ar chor ar bith.

Bhí sé an-míshásta ar fad nuair a chonaic sé mamó Dhara ag an gcóisir. An mhamó a bhris ceamara Dhara, an mhamó chéanna leis an smig ghruagach.

Ba í Mamó Dhara an duine ba shuimiúla ag an gcóisir.

"Tá mo mhamó *leadránach,*" arsa Peadar leis féin i lár na hoíche.

"Agus tá mise leadránach freisin."

Bhí sé brónach ansin agus **theastaigh uaidh*** dul abhaile, ach ní raibh sé in ann imeacht mar nach raibh sé ag iarraidh cur isteach ar dhaoine i lár na hoíche.

* bhí sé ag iarraidh

Ní dheacaigh aon duine abhaile ó chóisir codlata i lár na hoíche, ba chuma céard a bhí scríofa ar an gcuireadh.

Caibidil 4

Breithlá Bhriain

Ba é breithlá Bhriain an chéad chóisir eile.

"Tar chuig mo chóisir," arsa Brian, ag rith isteach ge99 geataí na scoile le **druma bongó*** nua faoina ascaill aige. "Tar chuig mo chóisir, ach b'fhearr daoibh bhur mbia féin a thógáil libh mar 'sé mo Dhaid a bheidh i mbun na cócaireachta. Haigh, féach ar mo bhongó nua a Pheadair, bain triail as, buail é! Níos láidre ná sin! Níos láidre, a deirim! Á, ná bac leis!"

---

* cineál druma

"Nach bhfuil d'athair go maith ag cócaireacht?" arsa Peadar, ag tabhairt an bongó ar ais do Bhrian chomh tapa agus ab fhéidir leis.

"Sé m'athair an cócaire is measa ar domhan!" arsa Brian. "Dónn sé gach rud. Déanann sé Pancóga Dóite. Déanta na fírinne, ní féidir leis *ach* Pancóga Dóite a dhéanamh. Agus ansin deireann sé 'ith suas iad, ith suas iad! Déanfaidh siad maitheas duit!"

"Bhuel, tá sin níos fearr ná m'athairse", arsa Dara, a bhí ag bualadh ar a chispheil ar nós gur bongó a bhí ann. "Bheadh Pancóga Dóite i bhfad níos fearr ná an cáca lá breithe a rinne m'athair do chóisir mo mháthar uair amháin. **Thángamar ar*** bhóna an chait agus níl a fhios agam céard eile i lár an cháca!"

"Bóna an chait? I ndáiríre?", arsa Peadar.

"Bóna an chait, agus cloigín air", arsa Dara.

* fuaireamar

"Sin tada!" arsa Oisín. "Déanann mo mháthairse anraith as SEANCHNÁMHA!"

"Céard?" arsa an triúr eile.

"Faigheann sí seanchnámha..." arsa Oisín.

"*Seanchnámha*", a scread an triúr eile.

"Cnámha, atá dochreidte sean, as a mála cnámh.."

"Tá mála cnámh ag do mháthair?" a d'fhiafraigh Peadar.

"Sea, tá mála cnámh aici. Tógann sí cnámha sicín rósta agus cuireann sí sa reoiteoir iad, agus nuair atá an mála lán déanann sí anraith. Anraith Seanchnámh!"

"An bhfuil sé **blasta***?" arsa Brian agus Dara agus Peadar.

*   go maith le hithe

"Úúúgh, tá sé LOFA!" arsa Oisín. "Sé anraith seanchnámh an t-anraith is lofa ar domhain!"

Agus é ag siúl abhaile leis féin, ní raibh Peadar in ann smaoineamh ar scéal níos measa ná scéal na bpancóg dóite; ná scéal an cháca lá breithe; ná scéal an anraith lofa. Níor tháinig sé riamh ar aon rud nár cheart a bheith ann istigh i lár cáca a rinne a mháthair; rinne sí pancóga deasa, blasta agus ní dhearna sí riamh anraith as seanchnámha.

"Tá mo shaol chomh *leadránach*," arsa Peadar leis féin.

* * * * * * * * * * * * * *

An lá ina dhiaidh sin chuaigh Peadar chuig an gcóisir codlata i dteach Bhriain. Bhí na pancóga a rinne athair Bhriain chomh dóite nárbh fhéidir iad a ithe gan leathphróca subh sméara dubha a chur orthu. "Ithigí suas iad, ithigí suas iad! Déanfaidh siad maitheas daoibh!", arsa athair Bhriain.

Ba é athair Bhriain an cócaire ba mheasa a chonaic Peadar riamh.

Bhí a fhios ag Peadar nárbh fhéidir lena mháthair pancóga leath chomh dóite leis na pancóga a rinne athair Bhrian a dhéanamh, fiú dá ndéanfadh sí **a seacht ndícheall***.

D'fhan Peadar ina dhúiseacht an oíche sin. *Tá mo mháthair leadránach. Tá mo Mhamó leadránach. Agus is mise an duine is leadránaí ar fad.*

Bhí sé brónach ansin agus theastaigh uaidh dul abhaile, ach ní raibh sé in ann imeacht abhaile i lár na hoíche.

Ní dheacaigh aon duine abhaile ó chóisir codlata i lár na hoíche, ba chuma céard a bhí scríofa ar an gcuireadh.

* an iarracht is fearr leat a dhéanamh

Caibidil 5
Breithlá Oisín

I lár mhí na Samhna a bhí breithlá Oisín. Isteach leis trí gheataí na scoile ar nós na gaoithe ar a chlár scátála.

"Inniu mo bhreithlá!" a chan sé in ard a ghutha.

"Tá fáilte romhaibh chuig mo chóisir codlata anocht!"

"Beidh sé **ar fheabhas***! Feicfidh sibh an hamstar nua a fuair mé an tseachtain seo caite.

Tá boladh dochreidte uaidh!

Boladh cosúil le seanbhróg agus bruscar!

..sách cosúil le héisc freisin...

..ach níos measa fós!"

"B'fhéidir gur gá a theach a ghlanadh", arsa Peadar.

"Glanaimid an teach gach lá," arsa Oisín.

"Is é an hamstar is cúis leis an mboladh, ní a theach".

"Ní hé glanadh réiteach na faidhbe i gcónaí", arsa Dara. "Glanaimid babhla na n-iasc an t-am ar fad ach tagann dath glas ar an uisce *i gcónaí*, agus bíonn boladh ar nós *cabáiste* air!"

*   go hiontach

33

"Agus éiríonn sé níos measa, ag brath ar cé chomh tapa a shnámhann na héisc. Dáiríre, feicfidh tú dath an uisce ag athrú nuair atá na héisc ag snámh!"

"Bhuel, ní tada é sin!", arsa Brian. "Is féidir linn an madra s'againne a fheiceáil sa dorchadas!"

"Céard?" arsa an triúr eile.

"Sea, tagann gás chomh lofa uaidh go LONRAÍONN sé sa dorchadas! Thugamar chuig an **tréidlia*** é mar go raibh faitíos orainn go rachadh sé trí thine, ach dúirt an tréidlia gur rud nadúrtha atá ann, agus gan a bheith buartha faoi. Ach amháin nár cheart dúinn é a ligean amach faoin ngrian rómhinic."

D'fhéach an triúr eile ar Pheadar ansin, ag súil le scéal faoi pheata lofa uaidh.

D'fhéach Peadar ar an triúr eile, a bhéal oscailte aige.

---

* dochtúir le haghaidh ainmhithe

"Abair leat!" arsa Dara. "Inis dúinn faoi do pheata"

Dhún Peadar a bhéal, chuir sé a lámha ina phócaí agus d'fhág sé.

"Cad a dúramar?" arsa Brian.

"Tada," arsa Dara.

"Cén fáth ar imigh sé?"

"Níl a fhios agam," arsa Oisín.

"Cad faoi a bhfuil sé ag smaoineamh?"

"Tada", arsa Dara.

* * * * * * * * * * * * * * * * *

Bhí cóisir chodlata Oisín go hiontach agus ba é an hamstar laoch na hoíche. Thug siad an hamstar a chodladh leo ach bhí an boladh chomh lofa go raibh orthu é a fhágáil lasmuigh den seomra i lár na hoíche.

"Tá an boladh dochreidte, nach bhfuil?" arsa Oisín agus é ag oscailt na fuinneoige.

****

Chuaigh Peadar abhaile agus d'fhéach sé ar a chat, agus ar a mháthair agus ar mhamó a bhí ar cuairt. Ní raibh boladh lofa ó cheann ar bith acu.

"**N'fheadar*** an bhfuil aon rud cearr le mo shrón?" arsa Peadar lena mháthair.

"Cén sórt ceiste í sin?" arsa máthair Pheadair.

"Níl aon bholadh uait," arsa Peadar. "Bhuel, tá boladh uait, ach gnáthbholadh, ní drochbholadh lofa... nó boladh éisc nó aon rud mar sin..."

"Cén sórt cainte í sin ? Is leor sin anois," arsa máthair Pheadair. Ní dúirt Peadar focal eile.

*   meas tú

D'éirigh sé ciúin.

Agus níos ciúine.

Agus níos ciúine fós.

Ní raibh ach coicís fágtha go dtí a bhreithlá féin.

Caibidil 6

Coicís roimh an gCóisir

Bhíodh Dara, Brian agus Oisín ag caint faoina gcuid laethanta breithe an t-am ar fad. Ach ní mar sin a bhí Peadar. Ní dúirt sé focal faoina bhreithlá. Bhí sé ag súil go ndéanfadh gach duine dearmad ar an lá mór.

Ach ní dhearna siad.

"Coicís go dtí do bhreithlá, a Pheadair", arsa Oisín.

(Lig Peadar air nár chuala sé).

Agus, seachtain ina dhiaidh sin.

"Seachtain go dtí do bhreithlá, a Pheadair", arsa Brian.

(An gceapann tú nach bhfuil a fhios agam, a cheap Peadar).

Agus ansin...

Sé lá...

"Beidh píotsa againn don chóisir", arsa máthair Pheadair. "Is maith le gach duine píotsa".

(Píotsa, a cheap Peadar. An béile is leadránaí a bhfuil ann.)

Cúig lá...

"Píotsa, sceallóga, uachtar reoite agus cáca. Cáca lá breithe ar ndóigh."

(An cineál cáca is leadránaí, arsa Peadar leis féin).

"Beidh gach duine sásta le bia mar sin", arsa máthair Pheadair. "Beidh cóisir den scoth againn".

Cóisir den scoth, ní dóigh liom é, a cheap Peadar leis féin. Bhí sé i ndrochghiúmar.

"Cad tá cearr leat, a Pheadair?" arsa a mháthair.

"Táim ag iarraidh smaoineamh ar...

...ach tá sé **fíordheacair*** smaoineamh air, mar go ndéanann tú an méid sin cócaireachta...

ag iarraidh smaoineamh ar...

...an rud ba lofa...

* an-deacair ar fad

41

...an béile ba mheasa...

...an cáca b'uafásaí...

a rinne tú riamh."

"Níl a fhios agam cén fáth a ndéanaim iarracht ar bith!" arsa máthair Pheadair.

"Ná déan iarracht", arsa Peadar, go cabhrach.

"Déanfaidh mé iarracht", arsa máthair Pheadair. "Agus beidh tú sásta leis AGUS SIN A BHFUIL FAOI! Anois, suas leat a chodladh."

Agus nuair a dhúisigh Peadar ar maidin ní raibh ach ceithre lá fágtha go dtí a bhreithlá.

Ceithre lá...

"Caithfidh tú do sheomra a ghlanadh", arsa a mháthair leis.

Trí lá...

"Tá plean maith agam", arsa Mamó le Peadar. "Is féidir leat do chairde a thabhairt ar cuairt chugam le haghaidh cupán seacláide te roimh dhul a chodladh. Ba mhaith liom bualadh leo."

Sea, ach ar mhaith leosan bualadh leatsa, arsa Peadar leis féin. Bhí sé chomh buartha gur chuir sé ceist an-deacair ar Mhamó.

Ní raibh sé ag iarraidh an cheist a chur, ach **ní raibh aon dul as***...

"A Mhamó", arsa Peadar, "An bhfuil gruaig ar...

...ó, ná bac leis...

...níl ann ach go raibh mé ag smaoineamh..

...b'fhéidir...

...go bhféadfainn é a insint do na buachaillí eile..

---

* b'éigean é a dhéanamh

...an bhfuil gruaig ar do....

...BHOLG?"

Dúirt Mamó nach raibh gruaig ar a bolg. Bhí sí thar a bheith crosta. Bhí **neart eile*** le rá aici freisin, ach níor chuala sé...mar go raibh sé ag rith síos an bhóthair ar nós na gaoithe.

Ní raibh ach dhá lá fágtha...

"Tá na cártaí cuiridh déanta agam", arsa máthair Pheadair.

(Caillfidh mé iad ar mo bhealach ar scoil, arsa Peadar leis féin).

Agus chuir mé glaoch gutháin ar na máithreacha go léir!"

Lig Peadar osna as.

"...Tá na buachaillí go léir ag teacht chuig an gcóisir".

* go leor rudaí eile

Ní raibh ach lá amháin fágtha.

Bheadh Dara, Brian agus Oisín ag teacht go dtí a theach, agus ní raibh tada arbh fhéidir le Peadar a dhéanamh faoi.

Agus bheadh siad ag fanacht thar oíche, níos measa fós!

Bhuailfeadh siad lena mháthair, le mamó agus lena chat leadránach. Agus ní raibh drochbholadh ó cheann ar bith acu.

Agus bheadh a fhios acu cé chomh leamh, leadránach is a bhí Peadair.

Agus ní raibh tada arbh fhéidir leis a dhéanamh faoi.

Caibidil 7

Breithlá Pheadair

Nuair a bhí an scoil thart tháinig Dara, Brian agus Oisín abhaile in éineacht le Peadar. Bhí sceitimíní ar an triúr acu. Rith siad suas staighre chuig seomra codlata Pheadair, agus leag siad na málaí codlata ar an urlár. (Chuir siad a gcuid béiríní **i bhfolach***).

---

* in áit nach bhféadfadh le haon duine eile iad a fheiceáil

47

Bhí siad ar bís agus iad ag ithe: an píotsa, na sceallóga, an uachtar reoite agus an cáca lá breithe.

D'imigh siad i ngach aon áit sa teach ansin, d'fhéach siad isteach i ngach aon chúinne. Bhain siad an-sult as an DVD faoi dhineasáir agus ansin **ar aghaidh leo*** síos an bóthar chuig teach Mhamó. Bhí an tseacláid the an-bhlasta go deo, agus bhí siad go léir **i ndea-ghiúmar**** ag dul ar ais chuig teach Pheadair.

Bhí siad an-bhéasach ar fad. Ní dúirt aon duine, 'níl aon ghruaig ar smig do mhamó," ná "níl aon bholadh ó do chat", ná "níl píotsa róshuimiúil mar bhéile," ná aon rud den sórt sin. "Nach buachaillí andeas iad," arsa máthair Pheadair agus Mamó.

Ach d'airigh Peadar an t-am ar fad go raibh an triúr ag fanacht le rud eile, le rud neamhghnách.

Agus bhí an ceart aige.

Bhí siad ag súil le rud eile.

*   d'imigh siad
** go sona sásta

Nuair a bhí siad go léir sna málaí codlata níos déanaí dúirt siad:

"Tá tóirsí againn go léir má tá pasáistí rúnda in aon áit".

"D'fhéadfaimis dul amach tríd an bhfuinneog má tá sé **ar intinn*** agat dul ar thóir stór taisce."

"An féidir dreapadh ar dhíon an tí seo?"

"Cad a dhéanfaimid anois?"

Ach ní raibh aon phlean eile ag Peadar.

"Nílimid chun aon rud a dhéanamh anois. Tá brón orm. Níl aon phasáistí rúnda thart anseo. Níl aon stór taisce i bhfolach sa ghairdín. Ní féidir dul ar dhíon an tí seo. Níl an taibhse scanrúil fiú."

*   mar phlean agat

"An taibhse?" arsa Dara, agus Brian agus Oisín.

"CÉN TAIBHSE?"

"Á, tá a fhios agaibh, gnáth-thaibse, níl ann ach gnáth-thaibhse", arsa Peadar.

"An sórt sin taibhse a shleamnaíonn amach ón gcófra nuair atá tú leath i do chodladh, agus a fhanann lena aghaidh díreach os cionn d'aghaidh féin go dtí go n-airíonn tú an t-aer fuar....an anáil reoite ar do chraiceann...agus nuair a osclaíonn tú do shúile, tá sé ag stánadh idir do dhá shúil ort, agus ní fheiceann tú ach a shúile agus an dorchadas, dorchadas, dorchadas ina thimpeall! Titeann tú i laige ansin, an é sin an sórt taibhse atá i gceist agat?" arsa Brian.

"Ní hea", arsa Peadar. "Tá brón orm, fíorbhrón, a Bhriain, ach ní shin an sórt taibhse atá i gceist".

"Bhuel, an é an sórt sin taibhse a OSCLAÍONN an doras **DE PHREAB***, agus ansin feiceann tú solas go tobann, solas GLAS, agus bíonn PLÉASCADH ollmhór ansin, ach ansin titeann an DORCHADAS, FÍORDHORCHADAS. Screadann tú ach ní féidir leat do scread féin a chloisteáil, agus ritheann tú, ach tá sé os do chomhair i gcónaí, agus ní féidir leat éalú uaidh, agus tá sé UAFÁSACH, agus nuair a dhúisíonn tú ar maidin tá tú **sínte**** ar an urlár, tá an seomra ina phraiseach, an fhuinneog ar oscailt agus airíonn tú an ghaoth ag séideadh tríd an seomra. An é sin an sórt taibhse atá i gceist agat?" arsa Dara.

"Ní hea", arsa Peadar, agus é ag aireachtáil go dona. "Bheadh taibhse den sórt sin ar fheabhas, a Dhara. Cinnte, bheadh, ach ní taibhse den sórt sin atá i gceist agam."

*   go tobann
** i do luí

Bhí Oisín ina sheasamh agus an tóirse lasta faoina smig aige.

"Is dócha gurb é an sórt taibhse atá i gceist agat ná an sórt a chloiseann tú ag teacht i dtreo do sheomra go mall. Agus bíonn tú ag súil go rachaidh sé thar do dhoras agus nach stopfaidh sé. Ach STOPANN! Agus ansin osclaíonn an doras go mall, agus feiceann tú CRUTH, agus tá an ceann tite ar thaobh amháin, mar go bhfuil an muineál briste, agus tá bindealáin buí agus fuil orthu casta air i ngach cuid dá chorp. Agus tá sé ag tógáil na mbindealán uaidh agus ag siúl i do threo an t-am ar fad, agus cloiseann tú na focail seo... CUIR NA BINDEALÁIN ORT, CUIR NA BINDEALÁIN ORT!".

"Ní hea, a Oisín," arsa Peadar, nuair a bhí sé **in ann*** caint arís. (Is beag nár thit sé i laige agus é ag éisteacht le cur síos Oisín ar an taibhse.) "Is mór an trua é. Níl ann ach gnáth-thaibse fíorleadránach".

Thit ciúnas béasach ar na buachaillí. Ciúnas béasach ach beagán mífhoighneach freisin.

---

* ábalta

Caibidil 8

Rud éigin leadránach eile...

D'fhan na buachaillí ina dtost.

Ach ansin....

chuala siad **crónán*** ciúin..

crónán mall íseal... ag éirí níos airde de réir a chéile, go dtí go raibh sé le cloisteáil i gceart.

"Lá breithe sona" a bhí á chanadh go híseal.

---

*   fuaim íseal a dhéantar leis an mbéal. Bíonn cat ag crónán nuair a bhíonn sé sásta

Agus ansin...

..isteach *tríd* an doras ...

...tháinig...

...taibhse Pheadair!

Ní raibh sé **ar nós*** na dtaibhsí a bhí i gceist ag
Dara, Brian ná Oisín ar chor ar bith. Tháinig sé isteach
go deas ciúin, ní raibh na bindealáin ag titim uaidh.
"Gabh mo leithscéal", ar seisean agus é ag socrú a
chinn go díreach ar a mhuineál. Chuir sé a chlaíomh
(nach raibh aon fhuil air) ar ais ina chrios go deas
néata. Tharraing sé a chlóca mór thart air. Bhí sé chomh
gnóthach sin lena chloigeann, a chlaíomh agus a chlóca
nár thug sé Dara, Brian agus Oisín faoi deara ar dtús.

Baineadh geit as nuair a chonaic sé iad.

"Ó, a thiarcais! Ní raibh a fhios agam go raibh
cóisir ar siúl! Gabh mo leithscéal! Imeoidh mé
láithreach".

*   cosúil leis

56

"Ná himigh!" arsa Peadar. "Seo iad mo chairde, is breá leo taibhsí. Tá siad díreach tar éis a insint dom faoi gach cineál taibhse. Seo é Brian".

"A Bhriain, deas casadh leat", arsa taibhse Pheadair **go múinte***. Shín sé a lámh amach chuig Brian.

"Ááá" a scread Brian. "An ag brionglóideach atá mé? Ááá".

"Agus is é sin Dara, in aice le Brian," arsa Peadar ag gáire leis féin, ag ceapadh gurbh iontach an t-aisteoir é Brian, ag ligean air go raibh sé scanraithe!

"Ní chreidim i dtaibhsí", arsa Dara. Bhí sé ina shuí, a shúile lánoscailte aige, agus ag caint go fíorthapa. "Ní chreidim, ní chreidim, níl ann ach an tsamhlaíocht. FAN AMACH UAIM! FAN AMACH UAIM! FAN AMACH UAIM!"

(*'Nach iontach an t-aisteoir é Dara freisin,' arsa Peadar leis féin. 'Mura raibh a fhios agat gur ag aisteoireacht a bhí sé, chreidfeá go raibh faitíos an domhain air!'*)

* go béasach

"Agus is é seo Oisín", arsa Peadar.

Bhí Oisín ag ligean air go raibh faitíos air freisin, agus bhí sé chomh maith leis an mbeirt eile ag an aisteoireacht. Bhí sé ag análú go tapa, ar nós asail. Nuair a chas taibhse Pheadair ina threo le 'deas casadh leatsa freisin' a rá, **sháigh sé*** a cheann faoina philiúr ag screadach "IMIGH LEAT! IMIGH LEAT!"

"Tá do chairde dochreidte míbhéasach", arsa an taibhse le Peadar.

"Ceapann mo mháthair agus mamó go bhfuil siad an-bhéasach ar fad", arsa Peadar.

"...nó an é go bhfuil siad dochreidte cúthail?" arsa an taibhse.

"Ó, ní hea!" arsa Peadar, ag déanamh iarracht gan gáire a ligean as, "tá siad go léir fíorchróga!"

---

*   bhrúigh sé, chuir sé go tapa

"An bhfuil anois?" arsa an taibhse, ach bhí an chuma air nár chreid sé focal ó Pheadar. "Caithfidh mé a admháil nach bhfeicim mórán daoine beo na laethanta seo, seachas tú féin ar ndóigh. Ach, sin an fáth gur tháinig mé! Le lá breithe sona a rá leat, a chara! Agus go mbeire tú beo ag an am seo arís!"

"Go raibh míle maith agat", arsa Peadar.

"Ach ar ndóigh, ní féidir bheith cinnte go mbeidh tú beo ag an am seo arís. Coinnigh amach ó bheith ag troid, go háirithe má bhíonn claimhte géara i gceist, sin an t-aon phíosa chomhairle atá agam duit i mbliana".

"Níl **claíomh*** agam féin ar aon nós", arsa Peadar.

"Agus má bhriseann gadaí isteach, ná bí ag argóint leis...is éasca é sin a rá, tá a fhios agam..."

"Ní bheidh mé", arsa Peadar.

"Agus ná bí ag dul thart le scian i do lámh oíche dhorcha. Níl sé sábháilte."

*   arm contúirteach cosúil le scian mhór fhada

"Is dóigh..." arsa Peadar.

"Ná bac le 'is dóigh', a Pheadair. Tá a fhios agam faoi na rudaí seo! Abair liom anois go nglacfaidh tú le mo chomhairle", arsa an taibhse.

"Ní rachaidh mé thart le scian oíche dhorcha", arsa Peadar.

"Is ar mhaithe leis féin atá mé", arsa an taibhse leis an triúr eile. "Tá a fhios agaibh féin faoi na rudaí contúirteacha a bhíonn ar siúl aige an t-am ar fad ar ndóigh".

Ní raibh focal as Dara, Brian ná Oisín. Bhí siad ina suí go ciúin, na súile ag stánadh ar an taibhse sa leathdhorchadas.

"Anois, caithfidh mé imeacht", arsa an taibhse. "Rudaí le déanamh. Áiteanna le dul. Tá a fhios agaibh an chaoi a mbíonn sé. Anois, cár fhág mé an cárta sin?"

Thit clóca an taibhse ar oscailt go tobann agus chonaic Dara, Brian agus Oisín poll chomh dubh dorcha sin gur bheag nár thit siad go léir i laige.

"Faitíos orthu roimh chúpla braon fola, is dócha", arsa an taibhse.

"Breathnaíonn sé pianmhar", arsa Peadar.

"Tá sé **togha***", arsa an taibhse. "Chuaigh an claíomh isteach go deas díreach. Agus mé ar tí a cheann a bhaint de...ach is cuma. Anois! Seo anois é ! Do chárta!"

"Go raibh mile maith agat", arsa Peadar.

"F-f-f-f-fuair tú cárta lá breithe ó thaibhse", arsa Dara, agus ionadh an domhain air.

"Ní lá breithe, ach lá báis!" a ghlaoigh an taibhse agus é ar a bhealach amach tríd an doras. "Báslá! A phleota! Ní thagann ciall roimh aois is dócha. Ní thagann sé **choíche**** uaireanta! Ná déan dearmad ar a ndúirt me leat anois, a Pheadair. Ná bí ag troid le claíomh, go háirithe sa dorchadas! Oíche mhaith!"

*   ceart go leor
**   go deo

"Oíche mhaith!" arsa Peadar. "Agus go raibh maith agat! Ó, tá sé imithe. Lasfaidh mé an solas mar sin, munar mhiste libh, chun an cárta a léamh."

"Fág an solas ar lasadh chomh fada agus **is mian*** leat", arsa Brian. Sheas Peadar suas agus las sé an solas. Bhí cuma i bhfad níos fearr ar Dara, Brian agus Oisín ansin.

"Dochreidte!" arsa Oisín, agus creathán ina ghlór aige. "An leatsa an taibhse sin, a Pheadair?"

"Is liom", arsa Peadar, agus é ag oscailt an chárta (a raibh dath dubh air). "Tá sé go deas, nach bhfuil? Tá a fhios agam go mbeadh sé níos fearr mar thaibhse dá mbeadh sé ag screadach, agus ag béiceadh mar a deir sibh féin. Níl cleasanna maithe aige. Ach déanann sé iarracht. Bhí sibh go léir go hiontach ag aisteoireacht, dála an scéil."

"Ag aisteoireacht?" arsa Brian, agus é ag teacht chuige féin go mall. "Cad atá i gceist agat?"

*   is maith

"Ag ligean oraibh go raibh faitíos oraibh", a mhínigh Peadar.

"Ag *ligean* orainn go raibh faitíos orainn?" arsa Dara, a raibh beagán faitís fós air, ach a bhí **ag teacht chuige féin*** go mall freisin. " Ní faitíos a bhí orainn, ach sceoin!".

"Faitíos dochreidte, faitíos an domhain a bhí orainn!" arsa Oisín.

"Sceoin an domhain", arsa Dara.

Sceoin dochreidthe !", arsa Brian.

"Ó, tá brón orm", arsa Peadar. "Cheap me go raibh sibh ag aisteoireacht, díreach le bheith múinte. An gcuirfidh mé glaoch ar mo mháthair? An bhfuil sibh ag iarraidh dul abhaile? Anois, i lár na hoíche?"

"Dul abhaile?" arsa Dara.

"Tá sé go hiontach anseo!" arsa Brian.

*   ag éirí níos fearr

"Tá sé ar fheabhas!" arsa Oisín.

"Agus ar aon nós, ní théann aon duine abhaile ó chóisir codlata i lár na hoíche" ar seisean. "Taispeáin dúinn do chárta, a Pheadair".

Thaispeáin Peadar a chárta dóibh. Pictiúr de leac uaighe a bhí ann, agus flapa glas air, ar a raibh scríofa:

Féach faoin bhflapa le fáil amach cén lá ar a bhfaighidh tú bás.

D'fhéach Dara, Brian agus Oisín ar an gcárta, ach bhí siad an-chúramach gan an flapa a ardú. Thóg Peadar an cárta ar ais, agus bhí sé ar tí an flapa a ardú...

Bhí an triúr eile ag féachaint air go neirbhíseach.

"A dhiabhail! An lá ceannan céanna", arsa Peadar.

"An lá céanna?", arsa Dara, Brian agus Oisín d'aon ghuth.

"An lá céanna leis an mbliain seo caite", arsa Peadar. "Is dócha go bhfaigheann sé na cartaí seo **ar lascaine***".

D'fhéach Dara, Brian agus Oisín ar a chéile, agus ansin d'fhéach an triúr acu ar Pheadar. Bhí Peadar ina shuí ar an leabha ina phitseamaí leis na straidhpeanna gorma. An buachaill a raibh taibhse mar chara aige! An buachaill a fuair comhairle ó thaibhse! An buachaill nach raibh faitíos ar bith air roimh cárta Bás-Lá a oscailt! An buachaill nár thug fuil, ná gortú faoi deara nó aon rud mar sin...

"Cén fáth nár inis tú dúinn?" arsa an triúr acu.

"Faoi chéard?" a d'fhiafraigh Peadar.

---

* ar phraghas íseal

"Faoi do thaibhse!" arsa an triúr le chéile.

"Cén fáth a ndéarfainn?" arsa Peadar. "Níl ann ach gnáth-thaibhse. Cosúil le mo mhamó – gnáthmhamó, agus mo chat – gnáthchat, agus ar nós cócaireacht mo mham – gnáthchócaireacht..."

"Bhuel, anois, rud amháin faoi do mhamó," arsa Oisín. "Sin rud eile nár inis tú dúinn! Ní gnáthmhamó í siúd! Nílim ag iarraidh a bheith mímhúinte, a Pheadair, ach, bhuel, tá do mhamó beagnach go hiomlán **maol***!"

"Agus maidir le do chat," arsa Brian. "Ní gnáthchat é sin in aon chor! Nár thug tú faoi deara nach bhfuil *boladh ar bith* ó do chat?"

"Agus nach bhfuil a fhios agat", arsa Dara, "go gceapaimid gurb í do mháthair AN CÓCAIRE IS FEARR AR DOMHAN!"

---

*   níl aon ghruaig uirthi

"Sea, sea, tá a fhios agam faoin méid sin" arsa Peadar.

"Ach cén fáth nár inis tú dúinn?"

"Bhuel, níor cheap mé go raibh sé tábhachtach."

D'fhéach an triúr eile ar a chéile. "Dochreidte!" ar siad d'aon ghuth.

"Cad atá dochreidte?" arsa Peadar.

"TUSA!" arsa an triúr acu.

****

Bhí an freagra céanna as sin amach ag Dara agus Brian agus Oisín d'aon duine a chuir ceist faoina gcara ciúin nach raibh mórán le rá aige.

Má d'fhiafraigh siad, "Cad atá ar siúl i gceann Pheadair, ar chor ar bith?"

"Ní bheadh a fhios agat"..arsa an triúr go bródúil....

"dáiríre, ní bheadh a fhios agat....d'fhéadfadh RUD AR BITH a bheith ar siúl".

Cuileog-
An Scéal faoi
Chiarán Ó Mianáin

ANDY STANTON

Údar na leabhar 'Mr Gum'

Dia dhaoibh!
Agus fáilte chuig an scéal faoi Chiarán Ó Mianáin.
Cé sa diabhal é Ciarán Ó Mianáin, a deir tú?
Bhuel, níl ann ach gnáthbhuachaill deich mbliana d'aois.
Ach...
Is féidir le Ciarán Ó Mianáin cuileog a dhéanamh de féin.
Samhlaigh é sin!
Níl ann ach, bhuel, níor éirigh leis é a dhéanamh go fóill.
Ach ó tharla go bhfuil gadaithe agus mangónna ar a thóir –
b'fhearr dó é a dhéanamh gan mhoill! An éireoidh leis?

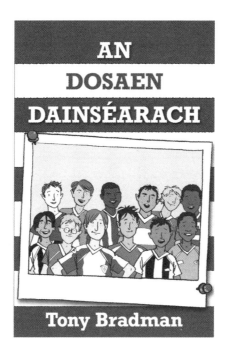

Nócha nóiméad.
Dhá fhoireann.
Seans amháin le buachan.

Ba mhaith le Rónán imirt ar an bhfoireann is deise ar an mbaile, Cumann Sacair Chnoc na Coille. Ach caithfidh muintir Chnoc na Coille é a fheiceáil ag imirt lena fhoireann féin.

Tá fadhb bheag ag Rónán – níl foireann ar bith aige!

An féidir le Rónán foireann a chur le chéile agus í a chur amach ar an bpáirc imeartha taobh istigh de chúpla lá?

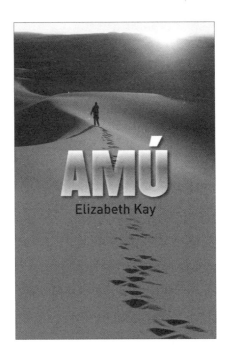

Ceapann máthair agus athair Oisín gur buachaill,
drochbhéasach, dána é.

Le súil agus feabhas a chur ar a iompar, seolann siad
chuig campa ceartúcháin é.

I nGaineamhlach Ghóibí. Sa Mhongóil.

Ní mó ná sásta atá Oisín faoi seo.

Mar sin, déanann sé cinneadh éalú as an áit.

Ach is crua an saol atá amuigh sa ghaineamhlach.

An mbeidh cailín óg aon bhliain déag d'aois in ann é
a shábháil?